27 mai 1902

VENTE

DU

Mardi 27 Mai 1902

HOTEL DROUOT, SALLE N° 7

à 2 heures

DESSINS ANCIENS

ET MODERNES

Aquarelles et Tableaux

ESTAMPES ANCIENNES & LITHOGRAPHIES

DE LA

Collection de feu **M. H. DREUX**

COMMISSAIRE-PRISEUR

Me MAURICE DELESTRE

5, rue Saint-Georges.

EXPERT

M. G. RAPILLY

9, quai Malaquais.

Collection HIPPOLYTE DREUX

DESSINS ET TABLEAUX

ESTAMPES ANCIENNES

ET

LITHOGRAPHIES

CONDITIONS DE LA VENTE

Elle sera faite au comptant.

Les acquéreurs payeront *dix pour cent* en sus des prix d'adjudication.

L'exposition mettant le public à même de se rendre compte de l'état et de la nature des objets, il ne sera admis aucune réclamation une fois l'adjudication prononcée.

Les tableaux, dessins, estampes et livres seront visibles chez M. Rapilly, du mercredi 21 mai au samedi 24 mai 1902, de 2 à 6 heures.

ORDRE DES VACATIONS

	Numéros.
Lithographies et eaux-fortes	101 à 183
Livres et recueils	184 à 198
Estampes anciennes	58 à 100
Dessins	20 à 57
Tableaux	1 à 19

CATALOGUE

DE

DESSINS ANCIENS

ET MODERNES

AQUARELLES ET TABLEAUX

ŒUVRES DE

BELLANGÉ, BONINGTON, BOUCHER, CHARLET, DECAMPS, GÉRICAULT,
GUARDI, HUBERT ROBERT,
VAN HUYSUM, EUG. ISABEY, MARILHAT, VAN SPAENDONCK,
JOSEPH VIVIEN, ETC.

BELLES ESTAMPES ANCIENNES
LITHOGRAPHIES
ET EAUX-FORTES MODERNES

PROVENANT

De la collection de Feu M. HIPPOLYTE DREUX

Dont la Vente aura lieu

A PARIS, HOTEL DROUOT, SALLE N° 7

Le Mardi 27 mai 1902, à 2 heures

COMMISSAIRE-PRISEUR
Mᵉ MAURICE DELESTRE
5, rue Saint-Georges

EXPERT
M. G. RAPILLY
Md d'Estampes de la Bibliothèque Nationale
9, quai Malaquais

EXPOSITION PUBLIQUE

Le lundi 26 mai 1902, de 2 h. à 5 heures 1/2

DÉSIGNATION

TABLEAUX

BOUT (P.) ET BOUDEWYNS
(vers 1700)

1. — Paysages animés de figures et d'animaux. Deux pendants.

Jolies peintures d'une grande finesse d'exécution.
Bois. (H., 0,180. — L., 0,230.)

CASANOVA (FR. J.)
(1727-1802)

2. — Combat de cavalerie.

Charmante peinture.
Bois. (H., 0,116. — L., 0,150.)

CICÉRI (EUGÈNE)

3. — Paysage. Forêt de Fontainebleau.

Belle étude signée.
Bois. (H., 0,240. — L., 0,435.)

CICÉRI (Eugène)

4. — Paysage avec ruines.

Étude signée.
Toile. (H., 0,210. — L., 0,260.)

COLIN (A.).

5. — Judith et Holopherne.

Copie d'après le tableau de Paul Véronèse de la Galerie Brignolet, à Gênes.
Toile. (H., 0,310. — L., 0,230.)

6. — La Tête de Saint Jean-Bap e présentée à Salomé. Copie d'après Rubens.

Bois. (H., 0,310. — L., 0,230.)

7. — La Tentation de Saint Antoine. Copie.

Bois. (H., 0,196. — L., 0,145.)

8. — Concert champêtre. Copie d'après Giorgione.

Toile. (H., 0,410. — L., 0,510.)

DESPORTES (Attribué à Alex. Fr.)

(1661-1743)

9. — Nature morte.

Une perdrix morte est placée sur une table à côté d'abricots et d'un vase contenant des prunes et des roses.
Toile. (H., 0,330. — L., 0,410.)

ÉCOLE FRANÇAISE

(XVIIe siècle)

10. — Un Port de mer au soleil couchant.

Très belle peinture dans le genre de Claude le Lorrain.
Toile. (H., 0,365. — L., 0,460.)

FR. BOUCHER

N° 24.

GÉRICAULT

(1791-1824)

11. — Tête de Chien dogue.

Au verso on lit : *Ce tableau, donné par Géricault à son ami Théodore Burette, provient de la vente après décès de ce dernier, faite en 1847.*
Bois. (H., 0,230 — L., 0,270.)

GIRARDET (Karl)

(1813-1871)

12. — Étude de hêtre. Bords du lac de Brienz.

Belle étude signée des initiales K.G.
Au dos : cachet de la vente de l'artiste.
Bois. (H., 0,270. — L., 0,210.)

13. — Paysage avec une meule de foin.

Toile. (H., 0,135. — L., 0,455.)

LEPOITTEVIN (Eug.)

(1806-1870)

14. — Chercheurs de varech près Fécamp.

Au dos : cachet de la vente d'Eugène Lepoittevin.
Bois. (H., 0, 140. — L., 0,355.)

LE TINTORET (Attribué à J. Robusti, dit)

(1512-1594)

15. — Le Martyre de saint Pierre ès Liens.

Toile. (H., 0,940. — L., 0,710.)

SPAENDONCK (G. Van)

(1746-1822)

16. — Bouquets de fleurs variées dans des vases en marbre sculpté, posés sur des balustrades en pierre. Deux tableaux faisant pendants.

Jolies peintures d'une belle coloration.
Signées des initiales *V. Sp.*
Bois. (H., 0,260. — L., 0,190.)

STRAATEN (J. Van)

(1766-1808)

17. — Gibier mort dans un paysage. Un lièvre, attaché par la patte à un fusil posé contre un arbre, et une perdrix sont posés à terre sur un carnier & un cor de chasse.

Très belle peinture signée. — Vente Ricketts.
Toile. (H., 0,88. — L., 0,71.)

TENIERS (Attribué à David)

(1610-1690)

18. — Homme en buste, coiffé d'une casquette, écrivant sur un pupitre.

Femme en buste, comptant des pièces d'argent.

Deux charmantes petites peintures d'une grande finesse d'exécution, faisant pendants.

Cadres anciens en bois sculpté et doré. Époque Louis XVI.

Bois. (H., 0,168. — L., 0,120.)

VÉLASQUEZ (D'après).

19. — Évêque distribuant des aumônes à la porte d'une église.

Toile. (H., 0,51. — L., 0,33.)

DESSINS

BELLANGÉ (Hippolyte)

(1800-1866)

20. — Le Militaire en congé. Une jeune paysanne portant du bois mort et accompagnée de son petit frère, lui indique son chemin.

Charmante aquarelle signée et datée 1834.
Collection Soleil.

(H., 0,118. — L., 0,090.)

BOISSIEU (J.-J. de)

(1736-1810)

21. — Paysan debout, coiffé d'un bonnet de coton et ouvrant la porte d'une étable.

Sépia. (H., 0,122. — L., 0,083.)

22 — Paysage au bord d'une rivière. — Perruquier faisant la barbe à un moine. — Vieillard à mi-corps tenant son chapeau. — Études d'enfants et de vieille femme. — 4 dessins à la sépia & au bistre.

BONINGTON (R.-P.)

(1801-1828)

23. — Paysage boisé au bord d'une rivière. Dans le lointain on aperçoit une cathédrale.

Superbe aquarelle signée des initiales de l'artiste et datée.

(H., 0,172. — L., 0,235.)

BOUCHER (François)

(1703-1770)

24. — L'Amour et Psyché. Gracieuse composition pour plafond.

Charmant dessin à la sanguine et à la plume avec rehauts de bistre.

(H., 0,242. — L., 0,348.)

CALLOW (W.)

25. — Marine. Yacht et barque de pêche montée par deux hommes, à proximité de la côte.

Belle aquarelle signée.

(H., 0,162. — L., 0,242.)

26. — Marine. Un canot monté par trois hommes et un bateau de pêche à proximité d'une falaise.

Jolie aquarelle signée.

(H., 0,232. — L., 0,310.)

CHARLET (N.-T.)

(1792-1845)

27. — Les Amateurs de tableaux.

Très belle aquarelle signée.

(H., 0,215. — L., 0,240.)

28. — Le Contrebandier en prière.

Superbe aquarelle signée et datée 1834.

(H., 0,380. — L., 0,286.)

29. — La Danse villageoise.

Jolie aquarelle signée.

(H., 0,088. — L., 0,060.)

N° 27.

CHARLET (N.-T.)

(1792-1845)

30. — Les Rentiers. Ils sont assis sur un banc en attendant le paiement de leurs titres.

A la sépia.
Spirituel petit dessin.

(H., 0,097. — L., 0,098.)

31. — Les Pendus. Paysage boisé.

Au second plan à droite on aperçoit plusieurs cavaliers passant devant deux gibets.

A la sépia.
Bon dessin signé.

(H., 0,115. — L., 0,262.)

32. — Les Joueurs de cartes. Deux hommes assis à une table auprès d'une fenêtre, discutent à propos d'une partie. Plusieurs hommes et enfants regardent ou jouent à côté d'eux.

A la sépia.
Beau dessin signé : curieux effet de lumière.

(H., 0,158. — L., 0.188.)

CHARLET ET HUBERT

33. — Brigands dans un paysage.

A la mine de plomb avec rehauts de gouache.
Bon dessin signé par Charlet.

(H., 0,180. — L., 0,270.)

CLAUDE LE LORRAIN

(1600-1682)

34. — Paysage boisé au bord d'une rivière.

A la plume et au lavis d'encre de Chine.
Cachet de collection.

(H., 0,178. — L., 0,238.)

DECAMPS (Alex. Jos.)

(1803-1860)

35. — Les Petits Nautoniers. Deux enfants s'amusent à souffler sur la voile d'un bateau placé sur un cuvier rempli d'eau. Un autre enfant tient un chien.

Charmante aquarelle exécutée pour un couvercle de tabatière, et qui, « *dans ses quelques centimètres carrés, vaut tout un tableau* » (Moreau. Decamps). Elle est signée et datée 1841.

(H., 0,041. — L., 0,067.)

36. — Jeune fille turque dans un intérieur.

Charmante aquarelle signée des initiales D. C.

(H., 0,145. — L., 0,105.)

37. — La Fuite en Égypte.

Dessin à la mine de plomb, signé des initiales D. C.

(H., 0,084. — L., 0,170.)

FRAGONARD (Attribué à Honoré)

(1732-1806)

38. — La Poursuite galante. Une jeune bergère s'enfuit, ayant à la main un panier de fleurs qu'un galant, la tenant par la taille, cherche à lui dérober.

Au crayon noir et aux traits de sépia.

(H., 0,210. — L., 0,460.)

GUARDI (François)

(1712-1793)

39. — Le Rialto. Vue de Venise.

A la plume et au lavis d'encre de Chine.

(H., 0,300. — L., 0,440.)

DECAMPS

N° 36.

GUARDI (François)
(1712-1793)

40. — Vue de Venise.

Très belle aquarelle.

(H., 0,220. — L., 0,340.)

GUDIN

41. — Marine. Bateau de pêche dans un port de mer.

Sépia.

(H., 0,141. — L., 0,192.)

HILDEBRANDT (Édouard)
(1817-1868)

42. — Négresse avec son enfant.

Aquarelle.
Beau dessin signé et daté 1845.

(H., 0,163. — L., 0,240.)

43. — Bateaux de pêche en vue de la côte.

Belle aquarelle signée et datée 1845.

(H., 0,115. — L., 0,196.)

HUBERT (J.-B.-L.)

44. — Vue d'un village (Salzig, Prusse rhénane).

A la mine de plomb avec rehauts de gouache.

(H., 0,280. — L., 0,222.)

HUBERT-ROBERT
(1733-1808)

45. — Une Cascade dans un parc.

A la plume et au lavis de sépia rehaussé d'aquarelle.
Très beau dessin signé.

(H., 0,285. — L., 0,365.)

HUYSUM (Jean van)
(1682-1749)

46. — Fleurs et Fruits dans un panier posé sur une table.

A la pierre noire et au lavis d'encre de Chine.
(H., 0,470. — L., 0,365.)

47. — Bouquet de fleurs variées, dans un vase posé sur une table.

A la pierre noire lavée d'encre de Chine.
Très belle étude.
(H., 0,400. — L., 0,310.)

ISABEY (Eugène)

48. — Une Vague.

Crayon noir rehaussé de gouache.
Beau dessin signé des initiales E. J.
(H., 0,160. — L., 0,280).

49. — Marine. Canot monté par des contrebandiers, abordant près d'une falaise.

A la plume, lavé de bistre avec rehauts de gouache
Beau dessin signé.
(H., 0,162. — L. 0,235.)

JOYANT (J.-R.)
(1803-1854)

50. — Vue de Venise.

Plume et lavis de sépia.
(H., 0,435. — L., 0,600.)

51. — Vue d'Italie. Paysage avec ruines.

A la mine de plomb.
(H., 0,230. — L., 0,360.)

N° 45.

MARILHAT (Prosper)

(1811-1847)

52. — Paysage au bord du Nil.

Charmante aquarelle, d'un bel effet de lumière, signée.

(H., 0,170. — L., 0,295.)

MOUCHERON et BERGHEM

53. — Paysage au bord d'une rivière traversée par un troupeau de bœufs.

A la sépia avec rehauts de gouache.
Très beau dessin dans un cadre en bois sculpté et doré. — Collection Guichardot.

(H., 0,280. — L., 0,435.)

PERROT

54. — Naufrage. Plusieurs marins s'accrochent désespérément à l'avant d'un navire prêt à couler en vue d'un phare.

A la plume lavé de bistre avec rehauts de gouache.

(H., 0,145. — L., 0,215.)

RUBENS (Attribué à)

(1577-1640)

55. — Portrait d'une jeune femme, en buste, de trois quarts à gauche.

A la plume et au crayon noir, rehaussé sanguine.
Très beau dessin.

(H., 260. — L., 0,195.)

VIVIEN (JOSEPH)

(1657-1734)

56. — Portrait de Jean Lemoyne, peintre du Roy, en buste, en grande perruque.

Magnifique pastel de forme ovale, de la plus grande fraicheur, provenant de la vente après décès de M. P. Hipp. Lemoyne, architecte, 19 mai 1828.

(H., 0,710. — L., 0,570.)

57. — Sous ce numéro, il sera vendu quelques dessins non catalogués.

J. VIVIEN

N° 56.

ESTAMPES ANCIENNES

BÉHAM (Hans-Sébald)

58. — La Femme accompagnée de la Mort (B. 149). In-12.

Superbe épreuve.

59. — La Pénitence de saint Chrysostome (B. 215). In-12 en l.

Très belle épreuve avant l'inscription et avant le monogramme.

BERGHEM (Nicolas)

60. — La Vache qui pisse (D. 2). In-fol. en largeur.

Très belle épreuve du 2e état avant l'adresse de *F. de Wit*. Petites marges.

BOISSIEU (J.-J. de)

61. — Moines chantant l'office. — Trois bœufs traversant un gué. — Bœuf et enfant traversant une rivière. — Feuille de croquis (têtes d'hommes âgés). 4 eaux-fortes in-fol.

Très belles épreuves.

BOTH (Jean)

62. — Le Chariot attelé de bœufs (D. 2). In-fol. en hauteur.

Très belle épreuve avec l'adresse de *Matham*.

BOUCHER (D'après Fr.)

63. — Vénus couronnée par les Amours. — Vénus désarmée par les Amours, 2 pièces gravées aux crayons et à la sanguine, par Gilles Demarteau (L. de Leymarie, 378 et 379). In-4.

Très belles épreuves sans marges montées en dessins.

64. — Deux Amours dans l'espace. — Tête de jeune fille. Deux charmantes pièces aux trois crayons par Gilles Demarteau.

Très belles épreuves sans marges montées en dessins.

65. — Vénus et l'Amour. — Berger et bergère conversant. — Jeune fille nue assise sur un lit. 4 pièces gravées par Gilles Demarteau, les 3 premières aux trois crayons, l'autre à la sanguine.

Très belles épreuves sans marges.

CLAUDE LE LORRAIN

66. — Le Bouvier (R. D. 8).

Superbe épreuve avant la retouche. Collection Camberlyn.

67. — La Danse sous les arbres (R. D. 10).

Superbe épreuve remargée.

DREVET (Claude)

68. — Marg. H. de La Briffe, Madame Le Bret, représentée en *Cérès*, d'après H. Rigaud. In-fol.

Superbe épreuve du 1er état avant toute lettre. Fort rare. Petites taches.

DURER (Albert)

69. — Les Armoiries au coq (B. 100).

Magnifique épreuve.

RUBENS

N° 55

DYCK (Ant. van)

70. — Antoine van Dyck (Wibiral. 4). Eau-forte originale du maître.

Très belle épreuve du 1er *état* (la tête seule est gravée). De la plus grande rareté. L'épreuve a été lavée et la partie supérieure a été remargée.

71. — Jean Snellinx (W. 10). Eau-forte originale de van Dyck.

Magnifique épreuve du 1er état, avant la lettre et avant le trait carré qui entoure la gravure. Extrêmement rare.

72. — François Snyders (W. 11). Eau-forte originale de van Dyck.

Très belle épreuve de l'un des deux premiers états : la tête et la collerette sont seules gravées. Fort rare. La partie supérieure de l'estampe est remargée.

73. — Juste Suttermans (W. 12). Eau-forte originale de van Dyck.

Superbe épreuve du 1er *état* avant le trait carré. Extrêmement rare.

EDELINCK (Gérard)

74. — Sainte Famille, d'après Raphaël (R. D. 4). In-fol.

Très belle épreuve du 2e état avant les armoiries. Elle est sans marges. Taches de rousseur.

75. — Martin van den Bogaert, dit Desjardins, sculpteur, d'après H. Rigaud (R. D. 182). In-fol.

Magnifique épreuve du 1er état, avant toutes lettres. Très rare.

FICQUET (Étienne)

76. — J. B. Poquelin de Molière, d'après Coypel (F. 101). In-8.

Deux belles épreuves.

FICQUET (Étienne)

77. — Voltaire. — Rousseau, 2 pièces d'après de La Tour. In-8.

Belles épreuves remargées.

78. — Pierre Corneille. — J.-B. Rousseau. — Regnard. — Rubens. — Van der Meulen, etc. 6 portraits in-8.

Belles épreuves; trois sont avant les noms des artistes.

FRAGONARD (D'après)

79. — Figures pour les Contes de La Fontaine : Le Savetier. — A femme avare galant escroc. — On ne s'avise jamais de tout. 3 pièces in-4.

Très belles épreuves avant la lettre, à grandes marges.

LEU (Thomas de)

80. — Henri IV, roi de France, d'après Bunel. Buste lauré dans une niche ornée de chaque côté de deux pilastres d'ordre composite (R. D. 410). In-fol.

Superbe épreuve du 1er état avant la date 1605.

MOREAU LE JEUNE (D'après)

81. — Le Souper fin, gravé par Helman, 1781. In-fol.

Très belle épreuve avec les lettres A. P. D. R. et le numéro. Marges.

MORIN (Jean)

82. — Antoine Vitré, imprimeur à Paris, d'après Ph. de Champagne (R. D. 88). In-fol

Superbe épreuve.

NANTEUIL (ROBERT)

83. — Pompone de Bellièvre, premier président au Parlement de Paris, d'après Ch. Le Brun (R. D. 37). In-fol.

Superbe épreuve avec marges. Petite tache de rousseur.

OSTADE (ADR. VAN)

84. — Les pêcheurs (D. 26).

Superbe épreuve avec la bordure fine. Petites marges.

85. — Le Marchand de lunettes (D. 29).

Très belle épreuve du 1er état avec la bordure fine et avant beaucoup de travaux.

86. — La même estampe.

Très belle épreuve du 2e état. Petites marges. Collection Camberlyn.

87. — Le Trictrac (D. 29). In-12.

Belle épreuve avant la retouche.

88. — Le Violon et le Petit vielleur (D. 45). In-4.

Belle épreuve avant la retouche. Petites marges

89. — La Famille (D. 46). In-4.

Très belle épreuve avec la bordure fine.

90. — La fête sous un grand arbre (D. 48). Petit in-fol. en l.

Très belle épreuve du 1er état.

PONTIUS (PAUL)

91. — Portrait de Pierre-Paul Rubens. In-fol.

Superbe épreuve avec marges.

REMBRANDT

92. — Le Vendeur de mort aux rats (B. 121).

Superbe épreuve.

93. — La Chaumière et la Grange à foin (B. 225).

Superbe épreuve; quelques petites piqûres d'humidité.

94. — Jean Cornelis Sylvius, ministre hollandais (B. 280).

Magnifique épreuve, malheureusement la marge du bas, contenant les vers, a été coupée.

95. — Buste de Vieille d'un beau caractère (la mère de Rembrandt) (B. 354).

Très belle épreuve.

SAINT-AUBIN (Aug. de)

96. — Caron de Beaumarchais, d'après C.-N. Cochin. — Fontenelle, d'après le buste de Le Moyne, 2 portraits in-8.

Belles épreuves.

SAVART (Pierre)

97. — Louis XIV. — Colbert. — Rabelais. — Racine. — Boileau. — La Bruyère. — Mme Deshoulières, 7 portraits in-8.

Très belles épreuves remargées.

VANLOO (D'après C.)

98. — Bethsabée, gravé par Fréd. Horthemels et terminé par N. Tardieu. In-fol.

Très belle épreuve à grandes marges.

VORSTERMAN (Lucas)

99. — La grande Descente de croix, d'après Rubens. In-fol.

Très belle épreuve avant l'adresse de Van Merlen.

100. — Jésus-Christ descendu de la croix, d'après Ant. Van Dyck. In-fol. en largeur.

Superbe épreuve, collections Mariette et Camberlyn.

LITHOGRAPHIES

ET EAUX-FORTES MODERNES

AUBRY-LECOMTE

101. — La Joconde. — Psyché. — Femme couchée, 3 lithogr., d'après Léonard de Vinci et Girodet. In-fol.

BONINGTON

102. — Bologna, eau-forte in-4.

Belle épreuve sur chine.

103. — Rue du Gros-Horloge à Rouen, 1824. In-fol.

Très belle épreuve sur chine.

104. — Église Saint-Gervais et Saint-Protais, à Gisors. — Tour du Gros-Horloge, à Évreux, 2 lithogr. In-fol.

Belles épreuves sur chine.

105. — Façade de l'église de Brou. — Tombeau de Marguerite de Bourbon, 2 lithogr. In-fol.

Belles epreuves sur chine.

106. — Ruines du château d'Arlay. — Vue d'une rue des faubourgs de Besançon (2 épr.), 3 lithogr. In-fol.

Belles épreuves sur chine.

BONINGTON

107. — Vues d'Écosse. — Vignettes et culs-de-lampe. — Entrée de la rade de Rio-Janeiro, 9 pièces par ou d'après Bonington.

CALAME, CLERGET, CICÉRI

108. — Croquis d'après nature, études de paysages, etc., environ 100 pièces lithographiées.

CHARLET

109. — Apothéose de Charlet. Grande lithographie par Hipp. Bellangé, 1846. In-fol.

Belle épreuve sur chine.

110. — L'acteur Odry (rôle de Beldame) dans la *Leçon de Danse*. (De La Combe, 3). — M. Pigeon en grande tenue (53 R.). — Que dit-on ? (58). — On dit (59 RR.). — On dit (60). — On ne dit rien (61). — Il faut en rire (63). Sept pièces in-fol.

111. — Les Quatre Mendiants (37 RR.). — Le Grenadier de Waterloo (39). — Les Français après la victoire (43 RR.). — La Mort du cuirassier (44 RR.). — Les Invalides en goguette (50 R.) Cinq pièces imprimées chez Lasteyrie

Belles épreuves à grandes marges.

112. — Siège et Prise de Berg-op-Zoom, à la Petite Provence (67 RR.). — Courage, Résignation (68 RR.). — Le Caporal blessé, et son chien lui léchant sa blessure (69 RR.). — Le Soldat français (74 RR.). Quatre pièces imprimées chez Delpech. In-fol.

Belles épreuves avec marges.

CHARLET

113\. — La Gamelle compromise (78 RR.). — La cuisine au bivouac (79 RR.). — L'Aumône (87 R.). — Jeune Soldat se découvrant devant un invalide (88 RR.). — Appel du contingent communal (90 RR.). Cinq pièces in-fol., imprimées chez Delpech.

Belles épreuves avec marges.

114\. — Les Pénibles Adieux (92 R.). — Toi!... Oui, moi!... (95 RR.). — Doucement, la mère Michel (101 R.). — Réjouissances publiques (105 R.). Quatre pièces in-fol., imprimées chez Delpech.

Belles épreuves avec marges.

115\. — Costumes d'infanterie (armée de 1809). 2 pièces : Sapeur (187 RR.). Frontispice. — Sapeur (grande tenue) Infanterie de ligne (188 RR.). Deux pièces in-fol.

116\. — Infanterie légère française. Voltigeur (205). In-fol.

Très belle épreuve à grandes marges.

117\. — Vous croisez la bayonette (*sic*)... (278). — La Manie des armes (292). — Réjouissances publiques (293). Trois pièces in-fol.

Belles épreuves avec marges.

118\. — Le Premier Coup de feu (299). — Le Second Coup de feu (300). — L'Insubordination (303). — Elle a le Cœur français!... l'ancienne! (304). — Le Gamin éminemment et profondément national (332). Cinq pièces in-fol.

Belles épreuves avec marges.

CHARLET

119\. — Vieux Mendiant (364, fac-simile Pilinski). — Vieillard, sa casquette à la main (382). — Shipwreck of the Meduse (438 R.). — Le Vrai Moutard de Paris (499). — On n'est jamais trahi que par les chiens (501 RRR.). — Hé! qu'est ça m'fait à moi... (502). Dix petites pièces ou croquis.

Belles épreuves.

120\. — ALBUMS LITHOGRAPHIQUES, 1822-1837. Recueil des albums, fantaisies, croquis parus par suites depuis 1822 jusqu'en 1837, imprimés pour la plupart chez Villain et édités par les frères Gihaut. Recueil factice d'environ 600 pièces reliées en 6 vol. in-4, demi-veau.

Intéressant recueil de pièces en belles épreuves, la plupart sur papier de Chine et à grandes marges. On y a joint un grand nombre de pièces rares parues isolément.

121\. — Vie civile, politique et militaire du caporal Valentin, mise au jour par son ami Charlet. *Publié par Gihaut frères.* Titre, 51 pl. et le fac-simile d'une lettre de Valentin, in-4, oblong, demi-rel. veau fauve.

Belles épreuves sur papier de Chine. On y a joint le portrait de Charlet et trois autres lithog.

122\. — Recueil de 24 pièces gravées à l'eau-forte (au vernis mou) par Charlet. *Publié par Blaisot, à Paris.* Titre, portrait de Charlet et 22 pièces in-4, demi-rel. veau.

On y a joint cinq pièces de la série des *Essais d'eau-forte.*

CHARLET

123. — Essais d'eau-forte, par Charlet, 8 pièces d'une suite de 15 pl. in-4.

Belles épreuves sur papier de Chine.

CLAESSENS

124. — La Femme hydropique, d'après Gérard Dow, gr. in-fol.

Superbe épreuve avant la lettre sur papier de Chine.

COGNIET (Léon).

125. — Une Cour de Rome. — Un Abri dans la campagne de Rome. — Les Tirailleurs. — Traîneau esquimau, 4 lithogr. in-fol.

Belles épreuves à grandes marges.

DAUBIGNY (Ch.)

126. — Le Printemps, eau-forte (H. 81) in-4 en l.

Belle épreuve sur chine.

DECAMPS

127. — Douze croquis, numérotés 1 à 12, publiés en 1830-31 (Gihaut éditeur).

Très belles épreuves sur papier de Chine.

128. — La même série, 12 pièces.

Belles épreuves sur papier blanc.

129. — Croquis par divers artistes, 1829, 18 pièces lithogr. par Decamps d'une suite de 72 pl.

Belles épreuves sur papier de Chine.

DECAMPS

130. — Sept pièces doubles de la suite précédente.

Belles épreuves sur chine, la plupart avant le nom et le numéro. On y a joint trois pièces de la même suite par E. Lami.

131. — Sujets de chasse (Gihaut frères), 1829-1830; suite de 8 pièces in-4 en l. (manque le frontispice).

Belles épreuves sur chine; trois sont sans marges.

132. — Kiosque au bord d'une rivière. — Halte d'une caravane. — Croquis divers. — Sortie de l'école, etc., 15 pièces.

FLAMENG (Léopold)

133. — La Ronde de nuit, eau-forte d'après Rembrandt, in-fol.

Très belle épreuve, petites marges.

134. — Amateurs de peinture, d'après Meissonier. — Portrait de femme, 2 eaux-fortes.

GAVARNI

135. — Rustic-Groups of Figures by Gavarni (Gavarni's Studies). *London G. Rowney et C°*, 1854, six lithogr. in-fol. sur papier teinté, à plusieurs figures par feuilles, avec la couverture.

Belles épreuves. Série très rare et très intéressante.

136. — Gavarni. Aquarelles fac-simile par Alf. Lemercier et Bocquin, chromo-lithographes, 6 pièces in-fol.

137. — Son portrait. — Fariboles. — Au bal masqué. — Fantaisies, etc., 8 pièces.

GÉRICAULT

138. — Boxeurs, in-fol. en largeur.

Très belle épreuve avec marges.

139. — Études de chevaux d'après nature, 16 pièces de diverses suites.

HARDING

140. — Château de Foix. — Donjon et pic volcanique de Rochemaure (Languedoc), 2 lithographies in-fol.

Belles épreuves sur chine.

HENRIQUEL-DUPONT

141. — Le marquis de Pastoret. — Le duc d'Orléans, 2 p. d'après Paul Delaroche & Eug. Lami. In-fol.

Très belles épreuves avant la lettre sur pap. de Chine.

HUBERT

142. — Croquis d'après nature, paysages, etc. ; environ 300 pièces lithographiées.

JACQUE (Ch.)

143. — Le Cavalier devant une hôtellerie, 1846, in-8 (Guiffrey, 83).

Deux épreuves sur chine, dont une très belle, avant le numéro.

144. — La Truffière (Guiffrey 85). In-4.

Belle épreuve sur papier de Chine.

145. — Femme faisant rentrer des porcs dans une porcherie. 1848 (86). In-4.

Très belle épreuve sur chine.

JACQUE (Ch.)

146. — Porte d'auberge, avec cavalier en blouse buvant, 1849 (88). In-4.

Belle épreuve sur papier de Chine.

147. — Porcher surveillant son troupeau, effet de soir, 1850 (92). In-4.

Très belle épreuve sur chine.

148. — Femme donnant à manger à six porcs (150). In-4.

Superbe épreuve d'essai à petites marges.

149. — La Souricière, 1860 (Guiffrey, 162). In-4.

Belle épreuve sur pap. de Chine, à grandes marges.

50. — La Rentrée. — Le Maréchal-ferrant. — Moutons, etc. Cinq pièces.

JOYANT (Jules)

151. — Vue du Grand Canal, à Venise; eau-forte.

Très belle épreuve.

LEMUD (Aimé de)

152. — Maître Wolfframe. In-fol.

Très belle épreuve.

153. — Les Dénicheurs. — Les Maraudeurs, 2 p. in-fol.

Très belles épreuves sur chine, signées.

154. — Enfance de Callot. — Mathieu Lansberg. — Moines se préparant à la confession; 3 lithogr.

Belles épreuves.

LITHOGRAPHIES

155. — Les artistes anciens & modernes lithographiés et gravés par MM. C. Nanteuil, Français, Gavarni, Mouilleron, Le Roux, Baron, Tony Johannot, Karl Bodmer, Ch. Jacque, Chaplin, Bida, Hédouin, Carey, Leleux, Sabatier, Laurens, Didier; 215 pl. (au lieu de 240) formant 10 vol. in-fol.

Intéressante série reproduisant les peintures et dessins des artistes de l'*École de 1830*.

156. — Lithographies et eaux-fortes modernes, par Alf. de Dreux, Français, C. Nanteuil, Soulange Teissier, Eug. Le Roux, Eug. Isabey, etc., d'après Marilhat, Decamps, Th. Rousseau, J. Dupré, Eug. Cicéri, etc.; environ 50 pièces in-fol. & in-4.

157. — Titres de romances tirés à part, chasses, voitures, portraits, croquis divers; 70 lithogr. par Devéria, Jules David, Grenier, Tassaert, Férogio, etc.

MARVY (Louis)

158. — Paysages gravés à l'eau-forte et au vernis mou, 11 pièces in-8 & in-4.

Belles épreuves.

MEISSONIER

159. — Le Grand Fumeur, eau-forte originale, in-12.

Très belle épreuve sur chine.

MOUILLERON

160. — Lithographies d'après Eug. Delacroix, Robert Fleury, Marilhat, Decamps, Diaz; 16 pièces.

MOUILLERON

161\. — La Ronde de nuit. — André Vésale. — Auto-dafé. — L'Ecu de France, etc. ; 8 lith. d'après Rembrandt, Hamman, Isabey, Bodmer, Robert Fleury, gr. in-fol.

PRUD'HON (P.)

162\. — Une Famille malheureuse. *Lith. de G. Engelmann*, in-8.

Belle épreuve avec marges.

163\. — *La même lithographie.*

Belle épreuve sur papier teinté, avec rehauts de gouache. Sans marges et collée en plein.

164\. — Une Lecture.

Très belle épreuve sur chine.

165\. — L'Enfant au chien (le fils du maréchal Gouvion-Saint-Cyr). In-4.

Superbe épreuve du 1er état avant toute lettre.

166\. — Les Quatre Saisons, 4 lithogr. par Jul. Boilly. — Apollon et les Muses, titre et 10 lithogr. par J. Boilly imprimées sur 3 pl. in-fol.

Belles épreuves.

167\. — L'Enlèvement de Psyché, lithogr. par Aubry-Lecomte, 1824. In-fol.

Très belle épreuve sur chine.

168\. — Marguerite. — Vénus et Adonis. — Thémis, 3 lithogr. par Aubry-Lecomte et J. Boilly. In-fol.

Très belles épreuves, la première signée.

PRUD'HON (D'après P.)

169. — Adresse de la veuve Merlen. — Carte d'entrée d'un concert ou d'un bal, 2 lithogr. par G. Bellanger, in-8.

Deux belles épreuves avant et avec la lettre de chacune des deux lithogr.

170. — Le Triomphe de Vénus. — Les Vendanges, 2 lithogr. en forme de frises par Aubry-Lecomte.

Belles épreuves.

171. — L'Étude guide l'essor du génie. — Joseph. — Femme nue, etc. 7 lithogr. par Aubry-Lecomte, J. Boilly, Bellenger, etc.

172. — Paris et Hélène réconciliés par Vénus. — Le Triomphe de Napoléon, 2 lithogr. par Soulange-Teissier et Maurin. Gr. in-fol.

Belles épreuves.

RAFFET

173. — La Revue nocturne, 1836.

Belle épreuve sur chine.

174. — Retraite du bataillon sacré à Waterloo, 18 juin 1815 (G. 80. R.).

Très belle épreuve sur chine coupé.

175. — Abordez l'ennemi franchement, à la baïonnette. — A ce jeu-là, on n'attrape que des coups. — 1813. — Vive l'Empereur!!! Lutzen 1813. — Demi-bataillon de gauche... joue!... feu!... chargez! 5 lithogr.

Belles épreuves.

RAFFET

176. — Combat d'Oued-Alleg, 31 déc. 1839. In-fol.

Belle épreuve sur chine.

177. — Les chagrins domestiques me minent! — Vous êtes bien long, jeune homme. — Nous civiliserons ces gaillards-là... avec le temps. — Voyage en Russie, etc. 16 lithogr. par ou d'après Raffet.

SOULANGE-TEISSIER

178. — Le Singe artiste. — L'Abreuvoir, etc. 4 lith. d'après Decamps. In-fol.

VERNET (Horace)

179. — Soldats jouant à la drogue. — Les suites du jeu de la drogue. — La Réconciliation; 3 lithographies.

180. — Les Forçats.

Deux belles épreuves, dont une sur papier teinté.

181. — Scènes de la vie militaire. — Sujets de chasses. — Portraits. — Croquis divers, etc.; 35 lithographies.

Belles épreuves, quelques-unes sur pap. teinté.

182. — Massacre des mamelucks rebelles dans le château du Caire. — Enfance de Bonaparte. — Le Pont d'Arcole. — Retour de Syrie; 4 p. in-fol.

WALTNER

183. — La Comtesse de Barck, d'après H. Regnault, 1876. Gr. in-fol.

Très belle épreuve.

LIVRES ET RECUEILS

184. — Blanc (Charles). Histoire des peintres de toutes les écoles. *Paris,* livraisons 1 à 286, in-4.

185. — Calame. Croquis de paysages dessinés d'après nature et lithographiés. *Paris, Gihaut fr., s.d.,* 24 planches en 1 vol. in-fol. obl., demi-bas. v.

Croquis pris en Savoie et en Suisse.

186. — Enfantin, Harding et Bonington. Vues de France et de l'étranger, paysages, marines, sujets divers; album factice de 25 lithogr. en 1 vol. in-4 oblong, cart.

187. — Géricault et Vernet (Horace). Études de chevaux. — Sujets de chasses. — Scènes de la vie militaire. — Croquis divers; 40 lithogr. en 1 vol. in-4 oblong, demi-veau fauve.

Belles épreuves sans marges et remontées.

188. — Haghe (Louis). Sketches in Belgium and Germany. *London, Hodgson et Graves,* 1840, In-fol. de 26 pl. lithogr., demi-chagr. rouge.

189. — Harding (J.D.). Hullmandel's lithographic drawing book. *London, Ackermann,* 1832, 34, 35 et 38, 4 vol. pet. in-4 obl. de chacun 24 pl., demi-toile.

190. — HARDING'S portfolio, *London, Ch. Till*, 1837 : 24 lithogr. en 1 vol. in-4, demi-bas. v. avec coins.

191. — HARDING'S lithographic drawing-book, 1837. — Harding's drawing book, a series of studies printed in Mr. Harding's new tinted style. 1838, *London, Ch. Tilt*, 48 pl. en 2 vol. in-4 obl. demi-rel.

192. — HARDING'S sketches at home and abroad, published by Charles Tilt. *S. l. n. d.*, 50 planches lithogr. en 1 vol. in-fol. demi-mar. bl.

193. — HUBERT. Croquis d'après nature. *Paris, Formentin et Cie*, 1833 à 1842, 7 années en 5 vol. gr. in-4, nombr. lithogr., demi-rel.

236 pièces lithographiées, paysages, marines, etc.

194. — HUBERT. Croquis. *Paris, Gihaut frères, s. d.* 89 planches en lithogr. sur chine, en 3 vol. in-fol., demi-toile viol.

195. — LEFRANC (V.). Études progressives de paysages. *Paris, Clément, s. d.*; 30 pl. lithogr. en 1 vol. in-4 obl. *Piq. d'humidité.*

196. — MARINES (Six) dessinées sur pierre par Eug. Isabey. *Paris*, 1833. In-fol. demi-rel. toile.

197. — MOZIN (Ch.). Croquis de marine dessinés d'après nature et lithographiés; 2 vol. contenant 48 pl. — Trouville et ses environs. 1 vol. cont. 30 pl. *Paris, Rittner et Goupil*, 1841, 3 vol. in-4, demi-bas. bl.

198. — PROUT (Samuel). Fac similes of sketches made in Flanders and Germany, and drawn on stone. C. Hullmandel's lithography. *S. l. n. d.* 50 planches en 1 vol. in-fol., demi-v. bleu avec coins.

IMPRIMÉ

PAR

PHILIPPE RENOUARD

19, rue des Saints-Pères.

PARIS

RED. :

22

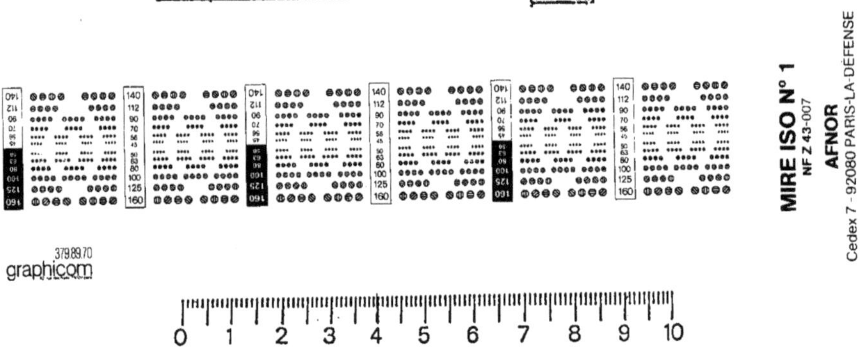
MIRE ISO N° 1
NF Z 43-007
AFNOR
Cedex 7 - 92080 PARIS-LA-DEFENSE
379.89.70
graphicom
0 1 2 3 4 5 6 7 8 9 10

www.ingramcontent.com/pod-product-compliance
Ingram Content Group UK Ltd.
Pitfield, Milton Keynes, MK11 3LW, UK
UKHW021114290826
14628UKWH00014B/2194

9 782329 316376